Bold is Wiehnachten

Bold is Wiehnachten
Kurzgeschichten

Christa Bohlmann
umschreven von
Heinz Lehmkuhl

Bibliografische Information der Deutschen Bibliothek:

Die Deutsche Bibliothek verzeichnet diese Publikation in der Deutschen Nationalbibliografie; detaillierte Daten sind über

<http://dnb.ddb.de> abrufbar.

2014 Christa Bohlmann

Titelfoto: Dr. Michael Häckert

Herstellung und Verlag: Books on Demand GmbH. Norderstedt

ISBN 9 783738604139

www.bod.de

Inhalt

Vorwort

Wenn im Spätherbst die Voraussetzungen stimmten, läutete meine Oma für mich die Weihnachtszeit mit den Worten aus einem alten Gedicht ein:

„Kiek ins, wat lett de Himmel so rood!
Dat sünd de Engels, se backt dat Broot.
Se backt den Wiehnachtsmann sien Stuten
vör all de lütten Leckersnuten."

Ich stellte mir damals genau vor, wie es jetzt am Himmel wohl zugehen mochte. Geschäftiges Treiben überall. Die Backöfen glühend heiß, woher sollte schließlich der rote Himmel kommen? Als „Leckersnute" konnte ich mich durchaus bezeichnen. Stuten mochte ich zwar nicht, aber ich war sicher, dass da oben auch andere Köstlichkeiten entstehen würden.

Weihnachten hatte für mich schon immer eine besondere Bedeutung. Vielleicht war mein Geburtstag am ersten Weihnachtstag der Grund und ich fühlte mich irgendwie „dazugehörig", zumal ich den Namen Christa trug .

Möglicherweise habe ich deshalb auch schon vier kleine Weihnachtsbücher verfasst.

Wenn ich diese auf Adventsbasaren und Weihnachtsmärkten anbot, wurde mir häufig die Frage gestellt: „Sind die in plattdeutsch geschrieben?"

Nein, sind sie nicht! Kann ich auch nicht! Wären im Fach „Plattdeutsch" Noten zu vergeben, könnte es bei mir so aussehen

Plattdeutsch verstehen   2+

Plattdeutsch sprechen   2

Plattdeutsch schreiben   4

Plattdeutsch lesen   3-

Ist auch gar nicht so leicht. Dennoch überlegte ich, wie ich die Interessenten zufrieden stellen könnte und suchte mir einen Übersetzer aus: Heinz Lehmkuhl aus Albringhausen, der schon seit Jahren in Bassum die „Plattdütschrunn in'ne Heimatstuuv" leitet. Der war zunächst recht überrascht, als ich ihm mein Anliegen vortrug. Doch dann machte er sich ans Werk und übersetzte eine Auswahl meiner Geschichten aus den Büchern:

„Weihnachtliche Herzenswärmer"

„Weihnachtliche Wintermärchen" und

„Weihnachtliche Seelenschmeichler".

Ich bin sicher, dass es ihm sogar Spass gemacht hat.

Nun wird die Plattdeutsche Sprache ja regional sehr unterschiedlich geschrieben oder gesprochen: In Bassum anders als in Syke, Harpstedt, Twistringen oder Sulingen.

Hier, in diesem Buch gibt es Plattdeutsch aus Albringhausen und das ist auch gut so.

Bei den ersten beiden Geschichten handelt es sich um meine eigenen Weihnachts-erinnerungen. Eine ganz schöne Herausforderung für den Übersetzer, der ja selbst ganz andere Erinnerungen hat.

Für das stimmungsvolle Titelbild, das mir freundlicherweise auch in diesem Jahr Herr Dr. Michael Häckert aus Affinghausen zur Verfügung gestellt hat, bin ich sehr dankbar.

Wiehnachtserinnerungen

An'n eersten Wiehnachtsdag 1945, so hett Mudder mi dat jümmer vertellt as ik noch ganz lütt weer, klapperte un pulterte dat mit'n Mol so gegen Obend för dull achtern Stubenfenster. As se nohkieken dä, stünn dor buten inne Külle de Äbäär mit'n Dook in sien langen Schnobel. In dat Dook legen twee lüttje Christas. Miene Mudder droff sik nu eene dorvon utsöken. Dat se mi do nomen hett, dorför moch ik se vondoog noch ganz wisse drücken. Von de Geschicht konn ik gor nich genoog kriegen un glöövt hebb ik se ok, denn de annere Christa güng nohstens mit mi in de sülbige Schoolklasse. Off Mudder dat noher duurt hett, jüst mi to nehmen, weet ik nich, doch ummetuuschen güng nich mehr.

Miene un beten ollere Schwester Rosi harr dütt Johr von'n Wiehnachtsmann een ne'e Puppen kregen, de heete nu wi ik, Christa. Dormit konn se ober mehr anfangen as mit mi un se säh to us Mudder: „ De is jo ganz nüddlich, schall ober woller weg". Se hebbt mi ober doch beholn...

Un denn vertellde Mudder, dat de Hebamme mit ehr schimmt hett, wiel ik dat domols nich so drocke harr, op de Welt to komen. Se woll ok noch un beten wat von Wiehnachten hebben un harr seggt: „ Rin geiht woll beter as ruut!"

Noher weer't ok schön, an Wiehnachten Geburtsdag to fiern, so geef dat Hilligovend

Geschenke un den annern Morgen noch eenmol. Doch löterhen geef't ok mol von'n Wiehnachtsmann een Speeltüüg un to'n Geburtsdag denn eerst de Beschrievung.

Glöövt hebb ik an den Wiehnachtsmann noch lange. Weer ober doch gediegen, dat mit'n Mol Döörns afsloten weern un de Puppen verswünnen. De Puppen kregen denn woll von'n Wiehnachtsmann neede Kleder. Ik dach dormols, dat he de an Mudders Neihmeschien möök, un sochte denn morgens inne Stuben no Stoffflickens.

An den Nikolaus glöövte ik ok, un stellde een ornlich groden Teller op de Fensterbank. Ik konn nich ehrder inslopen, bit ik dat ruuschen von Bruunkoken un Nööt hören dä. Harr he us doch nich vergeten, de leeve

Nikolaus. Ober to sehn kreeg man em, jüst so wie den Wiehnachtsmann, liekers nie.

As ik denn wat öller dorvon höört harr, dat et twee Sorten Minschen geef, woll ik dat nu genau weten un bestell mi bi'n Wiehnachtsmann eene Jungspuppen. Do kreeg ik denn to Wiehnachten een lüttjen Hans mit Trachtenbüx un widdet Hemd. Nu harr ik dat ganz drocke un möök neeschierig de Büx vörn open, wütt ober ok nich klöker un reet se em ganz runner. He seeg nu jüst so ut wie miene annern Puppen…

Hebb ober doch noch gerrn mit em speelt, mit den Hans.

Hett loter för miene Öllern woll allerhand Kneep kost, mi to verkloorn, dat et keen

Wiehnachtsmann gifft. Weer also allens logen! Ober doch schön!

Bruunkoken backen

So eben vor Wiehnachten goht de Gedanken doch noch foken torüch an de egene Kinnertiet. Bi us in'n Huus geef dat eenn groten sworen witten Kump ut Steengot. Harr woll al ornlich wat mitmookt. De büterste Schicht har al mennigeene fiene Bussen un boben weer ok al de Kante affstott. De wütt in'n Johr, soveel wi ik weet, bloots tweemol bruukt, un dat in'n Dezember. Eenmol to Silvester, wenn dat för de ganze Familie Heringssolot in anröht wurr. Een annern Sinn hal de Kump denn Anfang Dezember inne Adventstiet. Miene grote Schwester Rosi un ik freuten us al bannig, wenn us Mudder den Kump ut de Spieskomer togange kreeg.

Denn woll se dor Bruunkokendeeg in anröhrt, de den annern Dag backt weern scholl'n. Un wi droffen ehr dorbi helpen. Blots dat Anröhren möök se lever alleen, dorto bruukte se use Finger nicht bi, wo us doch al de fiene Röök von dat Gewürz inne Nääs toög. Ik glööv, „Neunerlei" stünn op de Tuten. Dor droffen wi höchstens mol an rüken, wenn de Tuten los weer. Wenn de Deeg anmängt weer, keem he eerstmol mit Pergamentpapier affdeckt op'n Köken-schapp. In'n ganzen Huus röök dat nu al no Wiehnachten. Wi konnen den annern Nomiddag al meist nich mehr aftöven. Wann güng dat denn bilüttjen los? Doch denn weert sowiet, eerst wurrn de Plotens mit Smolt infett, denn streude Mudder Mehl up'n Disch un rullde mit dat Wallholt den Deeg fein dünne ut. Dormit dat nicht so anbackte streek se twüschendör jümmer un beten Mehl ober dat Wallholt.

Nu weern wi anne Reeg mit utsteken. Dorbi passen wi op, datt dat möglichst wenig Affall twüschen de Formen bleev. So keem an dat Harte de Steern, denn de Halfmoond und dat Swin mit'n Steert, de nohstens doch meist affüllt. Harr de Steern mol een Tacken to wenig, oder de Moond wör nich so good geroorn, lande de ok mol in usen Buuk, wenn Mudder dat jüst nich mitkreeg.

Weer de Ploten vull, schööv Mudder dat Blick flink in'n Backoven. No so lüttje tein Minuten weern de Bruunkoken kloor un wi droffen ok mol een probeern. Utrullen, utsteken, op'n Ploten doon, backen, dat flutschte, as wenn de Düvel Wüste mookt.

Dorno mossen de Kekse eerstmol afköhlen, un keemen den annern Dag in twe grode Blickbüxen. De wüdden denn ober goot wegstellt, dormit to Wiehnachten noch alle binnen weern.

Wi mossen nu ober nödig no'n Bett, blots mit slopen weer dat nich so recht, harrn woll bi den Deeg eenmol tofoken tolangt.

Julia, de Wiehnachtsengel

Wie al verleden Johr un ok de lesten Johre dorvör weer bi Hubers un poor Doog vör Wiehnachten dicke Luft in'n Huus. Vadder woll sik al lang' un annern Dannenboomstänner besorgen, so'n modernen mit „Seilzugspannung", doch Mudder güng dor partu gegenan. Se woll den olen beholen, denn ehr Opa mol ins sülben tohoop klamüüstert harr. Weer ok jo fein antokieken mit siene gröne Holtplatten un den lüttjen Tuun mit de witten Spitzen dor umto. Dat moss Vadder ok jo togeben, doch weer de Stänner man un beten spiddelig.

De Dannenbööm wurrn von Johr to Johr war grötter utsöcht un passten nich mehr so recht in dat lüttje Lock von de Holtplatten. Nützt aber jo nix, an Hilligobend moss Vadder nu mit veel Schimpen un Stöhnen den Boom torecht snittjern un dor rinprökeln, bit he man halfweegs stünd. Nu mök he den Boom schön bunt, doch he kreeg man jüst so eben noch de Spitzen mit den Steern twüschen Boom un Stubendeken faste.

Na ja, nu konn Wiehnachten komen. Mudder harr amangs den Disch inne Köken al fein deckt und dat wurr nu langsom Tiet no de Karken. Ok de beiden Deerns harrn mitkregen, dat de Stimmung nu bilüttjen wat beter weer un se freuden sik al op de Bescherung. As se nu ut de Huusdöör güngen, markten se nich, dat achter jem een Engel inne Stuben wuttschte. Dat weer Julia, de al siet veelen Johren noch mol kort dör de Wiehnachtsstuben sweev, um no'n Rechten to kieken. Dorbi kreeg se denn to sehn, dat de Dannenboom to kopplastig weer un al bedenklich scheev stünn und umkippen woll. Wat geef dot bloots för'n Malöör. Nu versoch Julia, sik för Kröpelsgewalt gegen de Spitzen von den Boom to stemmen, dorbi güngen ehre Flünken wie un poor Propeller.

Of ehre Knööv so lange utrecken dään, bit Hubers wedderkämen? Julia bleev al meist de Puste weg un se weer fro, as se endlich den Slötel inne Döör hörde.

Nu moss se doch opgeven, se konn eenfach nich mehr. Allens weer vergeefsch! De Boom füllt umme, just as Vadder de Lichter ansticken woll. Dor leeg he nu unnern Boom un Mudder moss em ut Lametta, Kugeln un Kerzen wedder lospulen. Dorbi harr se nu doch een slechtet Geweten.

De Deerns weern al an'n dramsen, wonehr dat nu endlich mit de Bescherung losgüng. Mudder verspröök nu, dat dor doch een annern Stänner her moss. Vadder höögte sik nu in Stillen een, leet sik ober nix anmarken un griende blots.

De Boom wütt nu afstütt un Julia mök sik indes mit lohme Flünke wedder op den Weg no ehre Wulken in'n Heven.

Snee oder Ansichtssoke

Düchtig sneit harr dat, wat dor man runner woll, een ganzen Dag lang. Op de Stroten weer meist keen Dörkomen mehr. Ober von wieten höörde man al den Sneeploog komen, doch de harr ornlich wat to muddeln, um tominst eene Spoor eenigermoten wedder free to moken.

Un Vadder weer op'n Hoff togange, von de Goroosch bit to de Poorten hen eenen Weg free to schüüfeln. „Unnütze Arbeit" schimp he un möök sik dorbi eerstmol risch. Em küllen al de Arms un de Puckel, denn so een Arbeit weer he anners nich wennt. Dorbi keek he över dat wiede versneite Land achtern Huus, doch he harr von den Snee genog.

Siene Froo seeg dat ganz anners, keek boben ut'n Fenster un freude sik över de witte Pracht. Jüst krööp de Sünne son beten achter de Wolken rut un brochte den Snee to'n blänkern. Goot, wat Vadder dat jüst nich to sehn kreeg.

Ok de sößteinjöhrige Dochter bewunner de wiede unberöhrte Natur. „Witt, de Farf von de Unschuld", so heet dat woll. Un se dach dobi in'n stillen an eern Fründ un kreeg awies richtig un beten Hartpuckern. Se freude sik nu al op dat Weddersehn an'n nächsten Sonndag.

„Och, wie langwielig", dach de teinjöhrige Söhn. He harr Vadder woll schüüfeln hört un keek nu ok ut dat Fenster. Am leevsten weer he nu jo in den Snee rummeporgt un harr dor ornlich Spöörn in mookt. He besünn sik ober un bleef doch leever in de warmen Stuuv bi sien Computer.

As Oma boben in ehre Komer ut dat Fenster keek, dach se: „Nu hebbt se dat Liekendook al utleggt". Ehr güng dat in de lestern Tiet meist recht klöterig.

Ganz achtern ant Holt stünd een Rehbock un moch ok nich wieter, denn hier fünn he in nächten Tiet woll ok nix to freten. Dorum verkrümelte he sik wedder achter dat Buschwark.

So mök sik elkeen siene Gedanken, ober wenn dat in de nächsten Weeke Dauweer geef, dann weer allens „Snee von gistern".

Rebellion

„Wi mokt dat so nich mehr mit, wi streikt", weer de Menung von de Peergewekrschaft PS. Se weer von wiet un siet an'n drütten Adventsonndag tohoop komen um to besnacken, wi dat wietergohn scholl. Wenn't ok man blots **een** Wiehnachtsmann geef, wuss jo bilütten jedet Kind, dat een alleen de Arbeit mit dat Geschenke verdeelen nie nich wuppen kann.

He bruukt dorto veele Helperslüür un ok jüst soveel Spann Peer, um den Barg Geschenke uteneen to bringen. Fröher weer de Kinner al tofreeden, wenn dat man een Teller mit Bruunkoken un Nööt geef und noch so'n poor Soken Speeltüüch or Tüüch bobenop.

Tein Pekete för Jeden is nu nix, ok wenn de Kinner nich jümmer pareert hebbt.

Wat is dat för'ne Schinnere vondoge! Över dat Weer willt wi gor nich eerst snacken. Meist keen Snee, blots griesegrau, mokt eenfach keen Sposs mehr. Dat Trecken warrt jümmer swoorer un geiht ganz schön op de Knoken. Un denn jümmer dat Andriven! As Dank denn nich mol een Spier Hovern oder mol een Wuddel mehr in de Krüppen, höchstens noch wecke mit de Pietschen. Wer denkt denn ok an all de Peer, blots de Wiehnachtsmann un de Geschenke tellt an Hilligobend noch wat.

Ober Wohrscho! Wie mööt liekers oppassen, dat us de Deerten mit'n Geweih ut den hogen Noor'n nich de Arbeit wegnehmen doot. In

Ameriko schall dat jo al sowiet wesen. Sogor hier stoht in de Wiehnachtstiet inne Goorns Sleeden mit „Rentiere" dorvör, un in'n Radio dudelt denn dat Leed von Rudolf mit de roden Nääs.

Also loot us man so wieter moken un nich rumquesen, ans föhrt de Wiehnachtsmann am Enne noch mit'n Auto un wie sind denn de Döösbartels.

Ammangs harr de Heven sik totogen und dat füng ganz liese an to snei'n. So geiht dat dütt Johr woll för us wat lichter, un to Wiehnachten sind alle tofreer.

Striet in'n Dannenboom

Teihn Johr stünn se nu al op ehr'n Placken in Buschmanns Dannenboomschonung, eene feine Nordmannsdannen. Schön akroot wussen, pohlrisch, nich to breet un de Twiege goot verdeelt. Se harr jo ok anne Kante veel Platz ton wassen. Nu weer dat sowiet, denn dat güng op Wiehnachten to un de Keerls mit de Soge kömen. Mit eenmol güng in'n Boom dat Strieden los. De Twiege weern sik nich enig, wer woll am meisten hermöök.

De bobersten prohlten: „We weert fein rutputzt mit bunte Kugels, Steerns, Kerzen un Lametta, un koomt denn an Hilligovend inne Stuben. Unner us leegt denn all de schönen Wiehnachtsgeschenke."

De Twiege wieter unnen güngen dorgegen an un meenten denn: „Wi drööft noch veel eher blänkern un koomt al as Gesteck oder Kranz to de Adventstied op'n Disch un köönt dor bit Januor blieven."

Ober de Twiege ganz unnen geben ok nich bott un sään: „Wenn wi man nich veel länger bruukt weert as ji, denn ut uns mookt man Gestecke un Kränze förn Karkhoff or deckt mit us in'n Goorn de Blomen af."

Do melde sik de Boomwuddel: „Mööt ji denn jümmer kridden, wer am meisten docht, dat is jo nich uttoholen?! Wi möt alle tohope holen. Weet ji, wat mit mi passert? Rein gor nix. Ik bliev inne Eer besitten un bold waart dat um mi wedder gröön, denn in'n Fröhjohr weert wedder frische Dannenbööme plant, de ik denn as Dünger helpen kann. Un bit ik vergohn bin, wohnt in me noch elkwecke Deerten."

De Twiege mossen nu togeben, dat de Striet unnütz wesen is, ober se sinnierten wieter.

Do mehnde de Dannenboom: „Villicht bringt man uns no'n Afplüünern inne Weide, wo us de Peer denn afgnaulen köönt. Oder man haut us twei und wi koomt in't Füüer. De Lüüe warmt sik denn an'n Oven de Hänne un Fööt."

Do flöög ober jem een Vogel weg un fleutschte: „Nu weest man still, dat kummt doch, wie't kummt". Dorbi leet he amangs wat fallen, jüst op de Spitzen von'n

Dannenboom, so dat he al dat erste Mol bunt weer.

Unruhige Tieden

Bold dree Johr leevte Alex, de Musebock, nu al bi Buschmanns op'n Dannenhoff. Bit her to hett he jümmers Slump hat, dat se em nich tofoot kregen, wo se doch alle achter em ran weern. De Katten, de Uul un ok de Minschen. Dorum haarn ok al eenige von siene Verwandten an glöven mosst. He wüss gor nich, worum se sich so anstellen, wenn dor mol een Muus leep. Mol würrn se em inne Köken wies wurn, as he sick un Brotkrümel stibitzen woll. Do füngen de Froonlüür glieks luur an to schriechen un woll'n em mit en Bessen to Liebe.

Nu güng dat langsom no'n Winter to und dat wütt, wie ok al in de lesten Johre, wedder unruhig op'n Hoff. In de grote Schüne wurrd spinnfegt un allens akraat reinemookt. Unnere Deek un an de Sietenwänne wüdden grode Lokens faste mookt. An de Stänner hüng man buntmookte Dannentwiege un in den Midde stellde man sogor eeene wunnerbor liekwussene Nordmannsdannen op. Ok buten op'n Hoff wütt allens fein oprüümt un rutputzt.

Nu wüt't ober Tiet, dat Alex siene Familie tohoope reep, um jem to verkloorn, wie dat hier in de nächsten Weken so togeiht. Eenige von de Lüttjen harrn dat jo noch nich mitmookt.

„Ik vertell jo mol, wie dat verleden Johr wesen is", so füng he an. „Eerst söökt de Helpers dogelang inne Schonung achtern

Huus passliche Dannen in allen Grötten ut, soogt de aff un stellt de to'n Verkoop anne Schüne op. Wenn sik de Lüüd denn eenen Boomn utsocht hebbt, wart de in enn Netz prökelt, dormit man em beter mitkriggt. Denn to den dritten Advent wart dat bannig luut, wenn eener mit de Motorsoge togange is un sick ut een Stück Holt feine Figuurn snittjert. In de Buden um de Hoffsteer weert denn Wust, Stockbröör un Forellen verkofft und ok Kartuffelpuffer backt. Dor woort jo denn lever weg bi all de Lüür, dat se jo nich dootpett. Se fört ok noch wecke mit een Kutschen döör de Dannenfeller."

„Ik loop denn lever in de Schüne", meende een von de Lüttjen. „ Dor bin ik secker!"

„Dat denkst du blots", anter Alex. „se hebbt de ganze Schüne mit Sogespöön utstreut, dormit de Minschen dat wat warmer an de Fööt is. Un denn weert dor Dische un Bänke opstelt, wo de Lüür Torte, Brootwust, Knipp oder Arfkensupp eten köönt. Ok wenn dat fein rüken deit, woort jo beter weg, denn de Deerns hebbt dat bannig hild, wenn se Kaffee un Glühwien utdeelt un noher de Dische wedder afrühmt.

Un umto sind noch Buden, in de de Utsteller allerhand Soken to verköpen hebbt. Dor gifft dat Handarbeitssocken Smuck, Snittjereen, Kerzen, wat an Dannenbbom to hangen, bit to Böker un Glückwunschkorten.

Ober richtig luut waart dat denn an'n Sünndagmorgen um Klocke tein, wenn

Karken is un de Jagdhornbläser un de Posaunenchor opspeelt."

„Denn willt wi us man lever verkröpen, bit dat wedder lieser warrt un nohstens mol sehen, op nich doch wat for us affalen is", meent enn von de Lüttjen. Een anner Muus fröög: „Wie lange duurt dat denn, bit we wedder överall rumlopen köönt?"

„So'n poor Doog warrt dat Opkroomen woll duurn", säh Alex. „Ober ok dat geiht vorbi, un denn hebbt wi wedder Tiet bit tokomen Winter un den nächsten Wiehnachtsmarkt."

Een Opa to Wiehnachten

De sövenjöhrige Ole weer an hojohen, denn he wuss so recht nix mit sik antofangen. Keen een woll mit em speelen. Sien Vadder weer Kusendokter un keem eerst in'n poor Stünnen no Huus. Anners weer Mama tominnst nohmiddags dor, ober se moss inne Praxis mit uthelpen, wiel dat sik een von de Deerns de Hand broken harr. Un siene grode Schwester Nele harr gor keen Tiet mehr för em. Wenn ehr ne'e Fründ Olli in't Huus keem, verdreihde se blots noch de Ogen in'n Kopp un weer in ehre Komer verswunnen. De beiden Jungs ut de Noverschop, Tammo un Mats, harrn dat beter. Dor weer een Opa, de mit jem speelen dä un veele annere Soken mit jem möök. In'n Winter Sleden föörn oder Sneemann boo'n. In'n Sommer speelde he sogor Football mit jem. Af un an droff Ole ok mitmoken, ober blots af un an.

So een Opa moch Ole geern hebben, ober woher?

As den annern Dag de Ollern wedder inne Praxis mossen, scholl Nele op Ole oppassen un mit em speel'n. Dat duurde ober blots so lange, bit Olli an de Huusdöör pingel.

Wiel dat bannig koolt weer töög Ole sik nu ne dicke Jacken an un de Pudelmützen ornlich över de Ohren. So drevel he los, um sik een Opa to söken – so een, wie Tammo un Mats harrn. Mit de Strotenbohn föhrde he bit no'n Wiehnachtsmarkt. Dor moss doch een Opa to finnen wesen. Nu kreeg he ober doch so'n beten Bammel bi all de Lüüd, denn ammangs wütt dat al düster. Ober ohne Opa woll he ok nich no Huus. Un von alleen kreeg he keen un so keek he sik eben no wat Passendet umme. Doch dor weer nich recht wat bi no siene Mütz. Un poor Opas stünnen an de Glühwienbude un swiemelden al so'n beten un annere weer mit eer Froo unnerwegens. Ober ne Oma bruukte he nich, mit Mama un Nele weern al genoog Froonslüür to Huus.

Ole woll dat nu mol op' n Bohnhoff ver-söken. Weer veel los in de Bohnhoffshalle, do moss em doch mol de Richtige övern Weg lopen. Doch harrn de Lüüd dat alle ganz drocke. Eener stünn dor vör'n

Fohrploon, den moch Ole woll lieden, ober
he weer noch nich ganz hen, do schööv de
Keerl mi sien Kuffer wieter. Dütt Spellwark
harr woll een von de Bohnbeamten mit-
kreegen un fröög Ole nu:

„Du sochst doch een, kann ik di helpen?"

Ehrlich anter Ole:

„Ik söök een Opa."

De Beamte keek em fründlich an und froog
wieter: „Dien Opa, wullt du em afholen?
Woneer kummt denn de Zug? Un ut wecke
Stadt kummt he denn?"

„Mien Opa wohnt doch in Austrolien, ik
söök un annern. Eenen von hier!"

„Kumm man mit un segg mi, wie du heest.
Ik glööv, ik kann di helpen."

Nu klunk dat luut dör de Bohhoffshalle: „De lüttje Ole socht sien Opa, un de moch em vorne bi'n Fohrkortenschalter afholen."

Ole schüddel blots mit'd Kopp, reet sik los un lööp weg. Konn dat denn keen een begriepen? He soch doch nicht sien Opa ut Austrolien.

He woll al meist opgeven un versochte dat nu oplest noch mol in een Koophuus. Veel Tiet harr he jo nich mehr, in Huus harr'n se wiss al markt, wat he utbüxt weer.

An'n Koophuus stünn een Wiehnachtsmann un verdeelde Geschenke an de Kinner. De spröök Ole nu ok an, nehm em bi de Hand un fröög: „Wat wünscht du di denn to Wiehnachten? Du büst doch seker jümmer ganz ortig wesen?"

Endlich konn Ole losweern, wat em quälde un sä:

„Ik wünsch mi een Opa!"

„Een Opa?", fröög em de Wiehnachtsmann nu. Ole konn nich sehn, wi he achter sien witten Boort grienen dä.

„Jo, so eenen, wie Tammo un Mats hebbt. Een Opa, de Tiet för mi hett un mit mi speelt un denn ik leev hebben kann. Ik hebb jo een Opa, ober de wohnt ganz wiet weg in Austrolien. Ober ik bruuk een, de hier bi mi is!"

De Wiehnachtsmann weer an överleggen, of he nich för den Lütten de Opa wesen konn. Sülms harr he keene Enkelkinner un as Rentner genoog Tied. Un för Kinner harr he wat över.

Dat wurrt langsom düüster un de Lüttje weer hier ganz alleen unnerwegens. Dorum fröög he Ole, wo he wohnde un brochte em no Huus.

Tohuus harrn em ok all överall socht un weern froh, dat Ole nix passert weer.

Denn snackte de Wiehnachtsmann noch alleen mit Oles Vadder un fröög em, ob he nich een tietlang Opa för Ole wesen konn.

So keem't, dat an Hilligovend eener mehr an'n Wiehnachtsdisch seet, denn Ole harr to Wiehnachten würklich een Opa kregen. An'n annern Morgen tögen de Beiden nu mit'n Sleden bi Tammo un Mats vörbi, de em noch vör'n poor Dogen wiesmoken wollt harrn, dat gifft keen Wiehnachtsmann.

Allens Tüünkroom, denn wo harr he sonst woll un Opa herkregen.

Wer tolest lacht

Is woll bold twintig Johr her, do hett de Buur sien lüttjet Wesewark op Dannenbööme umstellt. Mit so'n poor Hektor weer sien Hoff eenfach nich mehr groot genoog.

Wo fröher Koorn, Kortuffel oder Zucker-röben wüssen, stoht nu Nordmannsdannen, de dann no so acht, negen Johr to Wiehnachten inne Stube koomt. De Buur plannt nu jedet Johr in Fröhjohr, meist so März, April, frische Dannen no, oder he leggt een ganzen Slag neet an. Düsse lütten Dannen kreeg he ut eene Boomschole von wiet her. Düttmol konn he glieks dusend Stück bestellen, wiel dat se lestet Wiehnachten so goot verkofft harrn. As de lüttjen Planten ankemen, weern de dusend Löker al utbuddelt und dat Planten konn furns losgohn. An'n Enne bleev eene eenzige Planten över, man harr sik woll vertellt oder eene mehr leevert. Weer ok man un beten mickerig! Egol, se keem ok in'n Bodden un wütt eenfach twüschen al wat gröttere Dannen ingroovt. Viellicht ward dor ja wat von.

Doch wie dat se man so lütt weer, kreeg dat Kruut eer meist unner un de annern Dannen umto dreben Spijöök mit eer. De dicke Berto gegen eer meende: „Du lüttje Bonsai, von di wart nie nich een Wiehnachtsboom. Un de schlanke Else geev noch een bi: „Wi nöömt de Lütte eenfach Bonnie, doch se hört us jo sowieso nich do unnen." Do melde sick de lange Eugen to Woort: „Wat het se jo denn doon? So wat deut man nich! Ji weert doch ok mol so lütt."

Doch de beiden Annern lachten den langen Eugen ut un nehmen de lüttjen Danne in de nächsten Tiet Luft un Licht weg, so dat se man ganz langsom wassen konn. Blots de lange Euge böögte sik un beten bisiet, so dat Bonnie ok mol eer Spier Sünne un Regen affkreeg.

As nu anner Johr in de Adventstied de Wiehnachtsbööme afsoogt wüdden, keemen de dicke Berta, de schlanke Else und uk de lange Eugen mit anne Reeg. Nu kreeg de Buur de lüttje Bonnie wedder inne Künn un puulde erstmol dat Kruut um eer weg un seeg, dat se ganz akkroot wussen weer un dach bi sik: „Du schallst ok mol beter hebben un kummst in eenigen Johr'n bi mi inne Stuben."

Wo de dree annern Bööm bleven sünd? De schlanke Else is een Kunnen unnerwegens von'n Autodack fullen. He harr ehr nich richtig fastemookt un so kööm se unner de Rööd. Un de lange Eugen moss half ut' Kufferruum von so'n lüttjet Auto kieken un slöörde bold achteran. Un bi de tein Bömme, de op'n Hoff överbleven sünd, weer ok de dicke Berto. Se weer eenfach to klobig un keem viellicht op'n Karkhoff oder in't Füür.

Mama is Maria

De Klocke slöög achte. „Endlich Fierobend", so dach Boris Timmermann an'n Dag vöör Hilligovend un möök de Döör von dat lüttje Juweliergeschäft inne Footgängerzone to.

De Boss von dat Hauptgeschäft harr em nu al un poor Johr dat Leit von de Filiale överloten. Inne lesten Stünne weer dat al wat ruhiger wesen un he bruukte blots noch un poor Soken wegtorühmen. Siene Helpersche woll noch gau wat to Wiehnachten besorgen un werr al'n beten fröher gohn. De Innohmen, un dat weer nich wenig, harr he al akroot in'n Geldschapp insloten.

Weer bannig stuur wesen, de lesten Doge, dorum freude he sik nu ok op den Fierovend.

Siene Luun weer jüst nich de beste, den ganzen Dag dat Gedudel von „Jingle bells", „White Christmas" un „Leise rieselt der Snee" güng eem tolest op'n Geist. Dat Weer harr ok nich mitspeelt. Vonwegen Snee, ungemütlich, winnig un griesegrau is dat wesen.

Un wi verlogen de Minschen doch weern! Denn elkwecke wat öllere Keerls harrn Schmuck kofft: Een Ring oder Keern för de Fro, blots nich al to düür, un wat ganz Besonners för de Fründin. Egol, em güng dat jo nix an, he dach sik sien Deel un dorbi keem ok jo ornlich wat in de Kasse.

Nu noch eben nohkieken op allens richtig to ist un denn af no Huus. He woll unnerwegens blots noch koort wat eten un sik noher eerstmol verhoolen. To Huus töövte keeneen op em, siene Fründin weer em kortens afhaut un möök nu woll bi annerseen den Dannenboom bunt. Scholl se doch, Reisende schall man nich ophool'n.

He tÖÖg sik den Mantel över un güng ut de Achterdöör rut. Do seeg he een lüttjen Pööks in'n Schloopanzug un Puschen op de Treppen sitten. Inne Hand hüllt de Jung een Plüschhosen, den he an de Schlappohrn to foten harr.

„Wat mookst du denn noch bi dütt Weer hier buten? Kumm flink wedder rin, anners verküllst du di noch", säh Boris to den Knirps. De moch woll so bi dree Johr oolt wesen un höörde sicher in een von de Wohnungen boben in't Huus. Boris tÖÖg em hoch un woll em wedder rinholen, doch de Lüttje möök sik ganz stiev un woll eenfach nich mit.

„Wohnst du denn nich hier?“, fröög Boris nu.

„Nee, ik wohn hier nich“, anter de Junge.

„ Denn segg mi mol, wo du hennhöörst un wi du heest“, fröög Boris em nu.

„Ik heet Tom un wohn in Huuse“, kreeg Boris nu to weten. De froog wieter:

„Un wo is dat?”

„Tohus doch, bi Mama”.

„Un wi heet diene Mama?“

„Ulli, ober Mama is Maria”.

„Wie heet se denn nu, Ulli oder Maria”, fröög Boris nu al wat luurder.

„Mama is doch Maria!“

Boris leet ober nich no:

„Un wie heet dien Papa?"

„Mien Papa is doch in'n Heven!"

Ok dat noch! Boris woll nu bilütten geern no Huus. Worum moss he jüst den Lütten finnen un wat scholl he nu blots mit em anfangen? Am besten, he sä de Schandarms Bescheed un leet em affhooln.

Doch dor besünn he sik anners, slööt de Döör wedder open un nehm den Lütten mit in't Warme, denn de weer al ammengs ganz döörfroorn.

Hier töög he em eerstmol den natten Pyjama ut, dröögte em af, wickelde em in siene Jacken un sett'te em op een Stohl dichte vör de Heizung. Boris fröög den Lüttjen, de nu al nich mehr so bang weer:

„Tom, nu segg mi mol, bist du von Tohuus eenfach utneit? Mama hett di sicher al socht."

„Ober Mama is doch nich dor! Mama is doch Maria."

„Hett Mama di denn ganz alleen loten?"

„Nee", un nu all so'n beten vergrellt:

„Susi is doch dor."

„Un welkeen is denn nu Susi?"

„Na, Susi scholl bi mi inhöörn."

„Hett se dat denn nich doon?"

„Erst hett se Fernsehen keken un denn is se dorbi inslopen. Ober ik will nu no Mama. Bringst du mi hen?"

Boris wütt nich so recht kloog un fröög nu:

„Diene Mama heet also Maria, un wie heet se wieter?"

„Ulli, hebb ik di nu al un poormol seggt!"

„We heet denn de Stroten, wo du wohnst?"

„Weet ik nich, wi wohnt in een grodet rodet Huus, Mama un ik."

Boris wütt dor nich recht slau ut un woll em nu doch lever op de Polizeiwache bringen. Ober mit dat nadde Tüüch konn Tom nich los, dorum dreihde Boris em in eenen langen School un dorober slöög he siene Anzug-jacken. He sülms töög sik den Mantel ober, nehm Tom op' Arm un woll jüst los, as Tom säh: „Tööf mol, Hoppel mutt doch noch mit."

Denn foote he Boris ganz düchtig um den Hals un leet dobi den Hosen över de Schullern bummeln. Bit no'n Parkplatz weer nich alltowiet, doch unnerwegens woll he den Lüttjen noch verkloorn, worum he em no de Polizei bringen moss, denn Susi möök sik bestimmt Sorgen un harr sik dor al mellt.

As se een lüttjet Stück gohn weern, füng Tom an to zappeln un reep:

„Dor is miene Mama, Mama is doch Maria", un siene Finger wiesde dorbi op de Karken.

„Diene Mama is inne Karken?"

„Jo, inne Karken! Mama is doch Maria!"

Nu bilüttjen begreep Boris, denn dor brennde noch Licht un an de Döör hüng een Zedel, dat dor Generolproov för dat Krüppenspell weer. Se güngen dor nu rin un Tom reep ganz luut:

„Mama, Mama!"

Mit dat Öben weer dat nu eerstmol vörbi, denn eene feine Froo mit lange swarte Hoor speelde in dat Stück de Maria. Se stünn nu op un nehm Tom ganz wisse in'n Arm.

Boris vertell nu, wat passeert weer un wurrd as Dank to Hillgovend bi Tom un siene Mama inloord.

Dat anner Johr Wiehnachten bruukte Tom keen Oppasser mehr, denn he harr doför nu een nee'en Papa...

Wulldeeken

Oma Gerda weer 73 Johr oolt wuurn un woll sik nu een Platz in eene Seniorenresidenz söken. Nu, wo al siet un poor Johren ehr Keerl nich mehr weer, föhl se sik in ehr grodet Huus meist un beten eensom. Se harr sik dat goot överleggt. In'n Kopp weer se noch kloor, blots de Knoken un Gelenke wollen nich mehr so recht mitmoken. Un so lange dat güng, woll se sik sülven no wat anners umkieken, un ehr Huus denn vermieten. Oma weer jo plietsch un konn noch mit'n Computer umgohn. So sochte se sik över dat Internet wat Passendet ut. Ok för ehrt Huus un den schönen Goorn fünd se een, de dor wohnen woll. Doch nu eerst kregen ehr Söhn Hartmut un siene Froo Lisa dat to weten. De weern natürlich toeerst ganz verboost, doch se mossen togeben, dat se sik um ehre Mudder recht wenig scheert harrn. Gerda konn dor nu nich recht klook ut weern, of de Beiden dat ok mütz weer. Egol, jedenfalls hülpen se un de dree Enkelkinner ehr bi't Umtrecken. De Enkelkinner studierten an verschiedene Universitäten un harrn sik ok nich so foken sehn loten. Nu füllt over för jeden ut Omas Huushalt noch wat Bruukbores af. In ehre ne'e Wonung harr Gerda sik dat fein kommodig mookt, ok för ehren Computer fünd se een Platz. Un ok ehrt Auto woll se nich missen. So weer so noch wat unafhängiger.

Gerda harr dat goot dropen in ehrt ne'e Tohuus, ok mit ehre Novers Erika un Wolfgang. Bi de Beiden stünn se ok hoch in Tell, wiel dat se noch Auto föhrde un ok mit den Computer goot torecht keem.

Nu weer Gerda al un poor Doge an överleggen, wie dat düttmol Wiehnachten aflopen scholl un harr ok al mol mit Erika un Wolfgang doröver snackt. All de annern Johre harr se de Familie bi ehr to'n Fest beköstigt un beschenkt un in de lesten Johre in een Lokol to'n Eten inloort. De beiden Novers begööschen ehr, se wüdden dor schon een Dreih rankriegen. An't tweeten Advent besocht Lisa ehr Schwiegermudder un vertellde, dat se un Hartmut Wiehnachten alleen irgendwo in de Barge een Zimmer bucht harrn. De Kinner weern nu jo groot un Gerda konn dat to'n Fest jo wat sinniger angohn loten.

„Dat versteihst du doch, Mudder?", froog Lisa noch achterher.

Gerda schlöök eenmol vergeefsch dool, dach sik ehrn Deel, un wünschte jem een schönen Urlaub. Denn leet se sik noch de Kontonummern von Hartmut un de Enkel-kinner geven.

Ok wenn ehr dat ganz un gor gegen den Strich güng, bruukte Gerda düttmol jo nix fein intowickeln, dat Wiehnachtsgeschenk geef't eben „per Überweisung". In stillen dach se, Lisa harr ok jo mol to Wiehnachten inloorn konnt. Se wüss nu jo Bescheed un fierde dat Fest eben inne Residenz mit Erika un Wolfgang. In de Weeke vör Wiehnachten moss de Breefdräger eenige Mole Pakete inne Residenz afgeben. Gerda kreeg alleen al veer Stück.

Eenings mookt man de Geschenke jo erst bi de Bescherung open, doch Gerda weer man neeschierig un woll geern weten, wat de Familie ehr todacht harr. So keek se, ehrder dat se sik mit Erika un Wolfgang an Hilligobend to'n Obendeten drepen dä, eerstmol alleeen to, wat in de Pakete binnen weer. Dat erste weer von Hartmut un Lisa. De schickten ehr mit de besten Gröten to Wiehnachten eene elektrische Heizdeken. Ok een Oort von Warmte, wenn ok blots för de Fööt. In dat tweete Paket weer een flauschige Wulldeken mit Kaschmir-Andeel von Enkelin Tanja. De studierde in Kiel, un verdeende sik inne Bibliothek wat dorto un konn dat woll wuppen. Dat dritte Paket keem von Enkel Jens ut Heidelberg. He weer to'n eerstenmool wiet weg von to Huus un schickt Oma ok'ne Deeken un schreef dorto: „ Düsse feine bunte Patchwork-Deek hebb ik för di op'n Hökermarkt funnen. Is echte Handarbeit, hett miene Fründin meent." Gerda moss grienen, denn de Deeken weer al oorig afgrepen un smuddelig. harr woll al eenige Johrn op'n Puckel. As Gerda nu dat leste Paket von ehrn jüngsten Enkel, de in Göttingen studierde, openmöök, keem eene oprullt Fleece-Deeken fördag. Ok harr Stefan vergeten, den Pries aftomoken. Ganze 4,99 Euro weer em siene Oma weert. Ober so dicke harr he dat ok jo nich. Gerda steek nu de Deekens akroot wedder in de Kassens torügg un legg se bisiet.

As de Dree mit dat Festeten döör weern, vertellde denn jeder von siene Geschenke. Nohstens wurrd dat een komodigen Wiehnachtsobend. Gegen Middernacht föhrden de Dree denn noch mit Gerdas Auto nor de Karken. Dorno loorde Gerda de Beiden noch to'n Glas Sekt in. De wunnerten sik ober, dat Gerda ehre Geschenke gor nicht utpackt harr un se ok nich wiesen woll. Gerda smuuster un meen:

„De blief dor, so wie se sind. Wenn dat Fest vörbi is, weert se knippst un koomt bi Ebay unnern Homer. Von dat, wat dorbi ruut kummt, mookt wi Dree us mol eenen feinen Nohmiddag.

Wiehnachten verschuwen?

De Wiehnachtsmann keem wedder trüch von de Eer. He harr nokeken, of de Kinner ok alle oordig wesen sünd. Sien Sleden mit de Pingel weer al von wieden to höör'n, doch noch luurder höörde man eenen kwuchen un stöhnen. Dat weer doch woll nich de Wiehnachtsmann? Jo, de weer dat! He quäälde sik nu von'n Sleden un konn sien Helpsmann Knecht Ruprecht noch just Order to'n Utspannen geven. Denn pulterte he in't Huus, wo siene Engels all de Wunschzedels lesen un Geschenke inpacken dään.

De Engel Gabriele, siene Huushollersche, kennde den Wiehnachtsmann jo al lange ober so harr se em noch nie beleevt. Dat Gesicht puterrot, weer an Puußen un konn knapps ut de Ogen kieken. Un dat nu, so koort vör Wiehnachten. Gabriele frög em, wat he harr un woll em ut sien Mantel helpen, doch he blaff ehr an: „Giff flink wedder her, ik freer so un glööv, ik hebb Fever."

Denn leet he sik eenfach mit Tüüch op sien Bett fall'n. Vergrellt töög Gabriele em de dreckigen Steevel u tun sä:

„Ik kook di eerstmol eene ornliche Höhnerzoppen, dat helpt."

He anter: „Nix dor, ik hebb keen Hunger", un weer dorbi för dull an pruuschen.

Gabriele schüttkoppte, güng rut un keem mit eene Warmkruken wedder. De Wiehnachts-mann seeg würklich nich goot ut.

„Mook dat du rutkummst", prool he luut. Se versochte dat noch eenmol un meen:

„Ober ik kann di doch man een koolen Umschlag moken un denn geef ik den Dokter Bescheed."

„Du geist nu beter rut, sonst stick ik di noch an. Doch tööv, hool di mol een Stohl un sett di hen. Ober bliev dorbi achtern an de Döör! Ik mutt di wat vertellen, dat anners nümms war angeiht."

No moss he wedder düchtig hooßen.

„Ik glööv, ik hebb de Swienegrippe."

„Wo kummst du denn an Swiengrippe? De kriegt blots Minschen op de Eer."

„Ik hebb mi sicher bi'n Flughoven anstickt."

„Wat harrst du denn op'n Flugplatz to söken?"

Do keem he dormit rut:

„Ik bin jo nich mehr de Jüngste un woll mol kieken, wie man flinker von de Steer komen kann. Wie leevt jo ok nich op'n Moond un mööt mit de Tiet gohn."

Gabriele weer so verboost, dat se bold von'n Stohl füll. He wischde sik nu eerstmol ornlich de Nääs mit sien grodet Snuuvdook un snackte wieter:

„Dor weer jüst so'n groden Brummvogel ut Mallorca doolkomen mit all de bruun-brennten Urlaubers. De meenden ik woll jem afholen un weer ganz ut de Tüüt. So mossen mi dor jo partu de Hand geven un dorbi hebbt de mi bestimmt anstickt.

Un nu draff ik nix anfoten vonwegen de Hegiene. Drum mööt wi Wiehnachten dütt Johr verschuven."

Wat för'n Malöör! Dat moss Gabriele eerstmol verknusen un leet em alleen. As se wedderkeem, haar se un Taschendook vör'n Mund un wickelte em de Been so goot as dat man güng mit koole Hanndööker in.

Ammangs keem ok de Dokter, denn se Bescheed seggt harr.

Doch de konn em begööschen vonwegen de Swienegrippe.

Nohstens hebbt se den Wiehnachtsmann mit Höhnerzoppen, heete Melk mit Honnig un Fööte boorn noch jüst to Wiehnachten wedder op de Beene kregen

Unnen op de Eer hett keeneen markt, dat de Schokoladen-Wiehnachtsmänner bold eerst to Ostern op'n Disch komen weern.

Sommersloop

De Knalleree weer nu meist vörbi, blots noch af un to höörde man von wieten so'n poor Böller.Wie jedet Johr harrn de Minschen wedder allerhand Raketen un Füürwark in de Luft joogt, um dat ne'e Johr to begröten. De Silvesterparty weer to Enne un Vadder güng noch mol inne Stuuv, um to kieken, of dat Licht ok överall ut weer. Allens düüster, ok de Lichterbogens vör'n Fenster, de jo in de lesten fiev Weken för Wiehnachtsstimming sorgt harrn.

„Denn geiht us dat morgen woll an'n Krogen", weer eener von jem liese an stöhnen.

„Wie meenst du dat?", fröög de Nuttknacker.

„Us bruukt man in de nächsten ölven Moond eenfach nich mehr", anter de Lichterbogen.

„Meents, dat se us eenfach wegsmiet?", fröög de Nuttknacker do.

„Nee, se steekt us, ehrder wie in'n Keller koomt, in eenen düüstern Kassen un wenn wi Slump hebbt, weert wi sogor noch un beten in Poppier insloon."

„Denn mookt wi usen Fröhjohrs-, Sommer- und Harvstsloop", geef de lüttje Porzellonengel nu een bi.

„Wat, se töövt nich mol den Fierdag von de Hilligen Dree Könige an'n sößten Januor af?", mellde sik nu de Nuttknacker wedder.

Nu säh de Lichterbogen:

„Wat hebbt se us mit groode Ogen bewunnert, as se us Anfang Dezember opstelln dään, doch nu mööt wi so gau as man geiht, verswinnen."

„Dor geef ik di Recht", säh de grode Wiehnachtsmann, „wat hebbt se mi ei't un strokelt un dorbi min roden Mantel ornlich afschüürt."

„Wenn ik Slump hebb, draff ik noch eene Weke länger stohn, ok wenn se vergeten hebbt, Water in'n Dannenboomstänner to geten, so dat miene Nodeln nich mehr wisse sitt't. Doch ton Afplünnern hebbt se woll noch keen Tiet, denn mi köönt se jo nich indreihn un anner Johr wedder bruken. Ik weer entsorgt un koom bi de Peer to'n Afgnaulen inne Weide."

De bunten Kugeln, Pingeln un Strohsteerns harn bi'n Buntmoken al mitkregen, dat tokomen Johr de Boom lilo utsehn scholl un weern een beten bange, wat mit jem passeer.

De lüttje Engel harr Bammel, dat se em wedder so groff anföten. Lestet Johr hebbt se em bi'n Inpacken een Flunk verdreiht.

„Mi hett blots eene piesackt, dat weer de lüttje Deern, de man jüst lopen konn un mi as Suuger ankeken un jümmer in'n Mund steken dä. Dorvon is de Faarv von miene Mützen bold avgohn", jammer do de lüttje Wiehnachtsmann. Do fröög de dicke Snee- mann op de Finsterbank den Engel bangenbi: „Wat meenst du, wat se mit di mookt?" De beiden weern to'n Teelichten rinstellen achtern open. Bi den Engel harrn se nich oppasst un em unner de Arms sien widdet Kleed anrökert.

Do güng Josef dortwüschen un sä:

„Köönt ji nich un beten liese ween. Wie schall dat Kind inne Krüppen denn dorbi slopen? Kummt so un so allens wie't kummt!"

Christa Bohlmann

geb. 1945, verheiratet, Bankkauffrau

seit Jan. 2008 im Ruhestand

Bereits veröffentlicht:

2000 **Erinnerungen**
Heitere Schmunzelgeschichten aus den
50er/60er-Jahren
Eigenverlag

2001 **Mixed-Pickles**
Anekdotensammlung:Wirkliches,
Erlauschtes. Erlebtes, Erdachtes
Eigenverlag

2002 **Kein Schatten ohne Licht**
Diagnose Brustkrebs
BoD ISBN 3-8311-4268-8

2003 **Die Buschs**
Blicke hinter die Kulisse einer
Kleinstadt- Idylle, Roman
BoD ISBN 3-8311-4926-7

2005 **Kalle Korn**
Aus dem Leben eines Ermittlers,
Roman
BoD ISBN 3-8334-2589-X

2006 **Bad Meinberg – einmal anders
gesehen**
Fantastische Erzählung
BoD ISBN 9-783837-024462-3

2009 **Weihnachtliche Herzenswärmer**
Wahre und fantastische
Kurzgeschichten
BoD ISBN 9-783839-13269-2

2010 **Weihnachtliche Wintermärchen**
Fantastische Kurzgeschichten
BoD ISBN 9-783842-30652-3

2011 **Weihnachtliche Seelenschmeichler**
Fantastisch Kurzgeschichten
BoD ISBN 9-783844-801804

2012 Bella – mehr schwarz als weiß
Roman
BoD ISBN 9-783844-801804

2013 Weihnachtliche Plaudereien
Fantastische Weihnactsgeschichte
BoD ISBN 9-783732-281145

2014 Bittersüß
Roman
BoD ISBN 9-783735-770820